Henri Kehrig

Le
5me Bataillon

DES

MOBILES DE LA GIRONDE

(1870-71)

Prix : **1** franc

BORDEAUX

FERET & FILS, LIBRAIRES-ÉDITEURS

15, COURS DE L'INTENDANCE, 15

1889

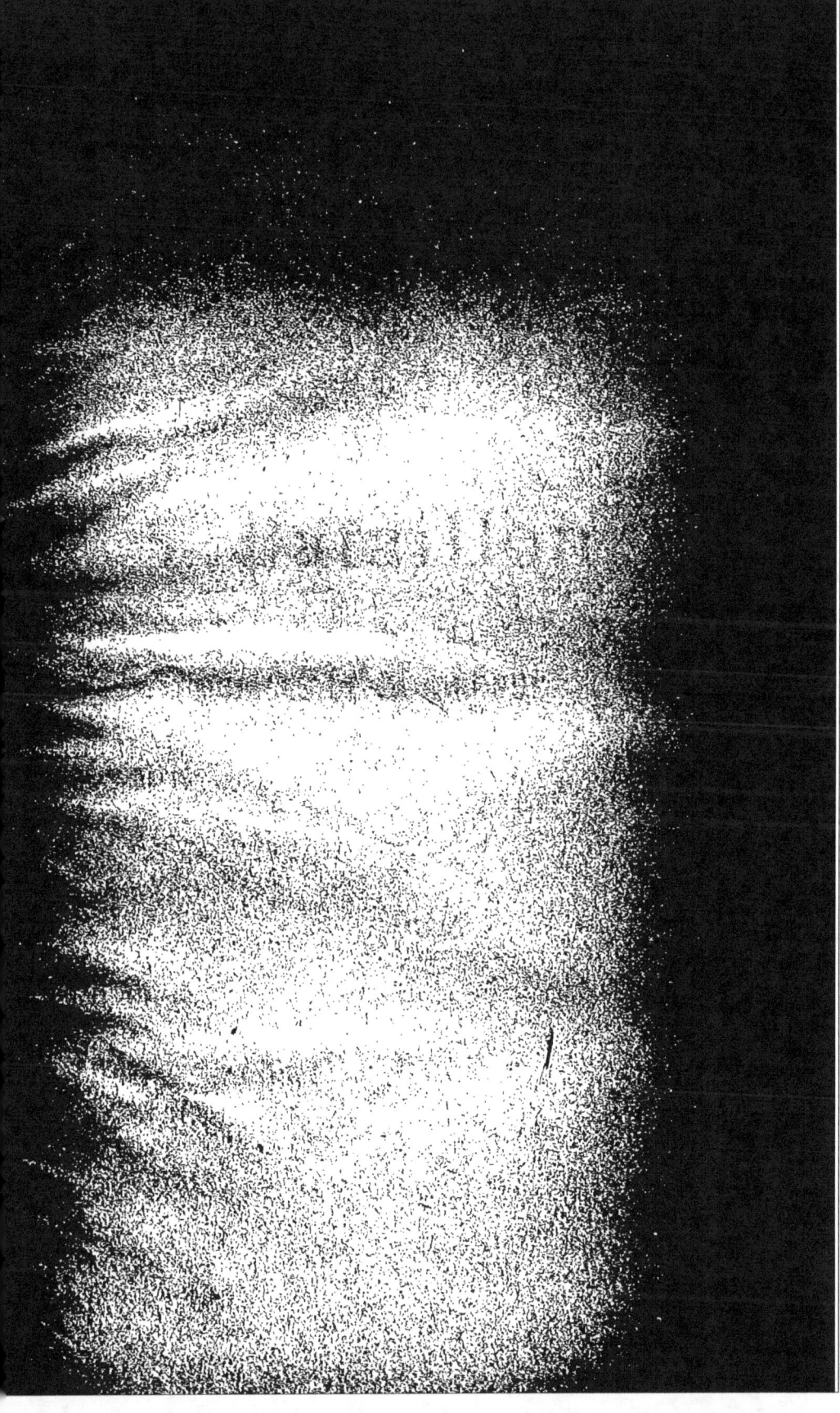

Le

5me Bataillon

DES

MOBILES DE LA GIRONDE

(1870-71)

Bordeaux. — Imprimerie G. Gounouilhou, rue Guiraude, 11.

Henri KEHRIG

Le
5me Bataillon

DES

MOBILES DE LA GIRONDE

(1870-71)

Prix : **1** franc

BORDEAUX

FERET & FILS, LIBRAIRES-ÉDITEURS

15, COURS DE L'INTENDANCE, 15

1889

Avertissement

Une petite polémique a récemment eu lieu dans les journaux à propos des Mobiles de la Gironde. Il y était dit, en passant, que les renseignements sur le 5me bataillon faisaient défaut. A la vérité, il n'a guère été parlé jusqu'ici que du 3me bataillon, dont la conduite a été si brillante à Nuits. Aussi m'a-t-il paru utile de combler la lacune indiquée.

J'ai donc réuni et condensé des notes recueillies presque chaque jour, durant la campagne, et que les loisirs de la captivité me permirent de mettre au net avec la plus scrupuleuse exactitude.

Il ne s'agit point ici d'une histoire complète du 5me bataillon, mais des grandes lignes de son existence, qui se rattachera par un lien sacré à notre histoire locale.

HENRI KEHRIG,

Sergent au 5me bataillon des Mobiles de la Gironde.
(1870-71.)

23 novembre 1888.

1.

Le
5me Bataillon

DES

MOBILES DE LA GIRONDE

(1870-71)

✦✦✦

I

C'était un crâne bataillon, bien équipé, le 5me des Mobiles de la Gironde. Il avait à sa tête un vieux soldat, le commandant Arnould, qui gagna l'épaulette et l'étoile d'honneur sur les champs de bataille de Crimée.

Le 23 novembre 1870, à trois heures quarante du soir, le 5me bataillon quittait Bordeaux où il s'était formé. Le départ eut lieu à la gare de La Bastide.

Après les derniers adieux, pour beaucoup accompagnés de larmes, échangés avec les parents et amis qui restaient et dont la grande cour de la gare était remplie, les mobiles prirent place en un train spécial qui les emmena à Rochefort, puis à La Rochelle, où ils n'arrivèrent que le lendemain à quatre heures et demie. A sept heures seulement ils débarquaient, et le bataillon, clairons en tète, faisait son entrée dans La Rochelle.

De ce point, nous fûmes dirigés par étapes sur La Roche-sur-Yon, en passant par Marans et Luçon.

L'accueil des habitants était, la plupart du temps, affable; quelquefois cependant les aubergistes nous plumaient, notamment à Saint-Florent-des-Bois.

A Chaillé-les-Marais, les pompiers, au nombre de six et précédés d'un tambour, vinrent à notre rencontre. Je me rappelle encore leurs pantalons blancs qui détonnaient singulièrement sous la pluie battante.

Après 32 kilomètres de marche — on ne nous forçait pas au début — le général de Mallet passait le bataillon en revue, à La Roche-sur-Yon, et se montrait satisfait des recrues.

Pendant notre séjour en cette ville, qui dura une huitaine, l'armement et l'équipement furent complétés. A notre grande satisfaction, le chassepot remplaça l'ancien fusil à piston, et le maniement de l'arme nouvelle fut l'objet de nombreuses et longues séances sur la place principale de l'endroit, par un froid digne précurseur de l'hiver qui allait être si rude...

Envoyés ensuite aux Sables-d'Olonne, nous continuâmes nos exercices sur la vaste plage au sable ferme de cette station qui, à ce moment, n'offrait rien d'attrayant au point de vue balnéaire.

Nous respirions depuis huit jours l'air pur et vivifiant de la mer lorsque arriva un ordre qui nous dirigeait sur Cherbourg par Nantes, Angers, le Mans, Alençon et Caen.

En route !

A Carentan, où nous arrivons de nuit, le train est garé ; les officiers vont en ville chercher un lit, et les soldats attendent dans les wagons le retour du jour.

Dès six heures, la locomotive annonce le départ et nous conduit à Montebourg, où nous descendons enfin après quarante-trois heures de voyage. Puis une marche de 24 kilomètres nous délie les jambes, pendant que de fortes averses nous trempent jusqu'aux os.

Quelle avalanche de moblots chez les aubergistes en arrivant à Saint-Sauveur-le-Vicomte ! En un clin d'œil, bouchers et boulangers n'avaient plus rien à vendre !

Et nous apprenons avec plaisir que le camp de Besneville, qu'on faisait boueux et malsain, ne nous aura pas pour hôtes ; nous resterons un peu à Saint-Sauveur.

Deux jours après, le bataillon faisait route du côté de la Haye-du-Puits. Chemin faisant, il rencontra le 6ᵐᵉ bataillon des Mobiles de la Gironde, qui allait dans une direction opposée.

Quelques heures de marche, et les 4ᵐᵉ, 5ᵐᵉ, 6ᵐᵉ et 7ᵐᵉ compagnies s'établissent au camp de la Sangsurière ; la 3ᵐᵉ, au village de Deauville ; la 2ᵐᵉ, à

Varanguebec, puis à Neufmesnil, au château Lacour, et la 1ʳᵉ, au château de Blanchelande, dans la même commune.

II

Mais cela chauffait du côté du Mans; la deuxième armée de la Loire allait se refaire pour une action nouvelle; on y amenait beaucoup de troupes. Le 5ᵐᵉ bataillon fut détaché du camp dit de Cherbourg et envoyé au Mans, où il arriva le 23 décembre. On le logea dans les docks. Le lendemain, il se remit en route dans la direction de Ballon. Le soir, les tentes furent dressées dans les bois et l'on bivouaqua.

Nous étions ensuite tant bien que mal cantonnés dans le bourg de La Trugalle. L'ennemi, disaient les gens de l'endroit, n'était pas loin; des uhlans avaient été aperçus. Nous y passâmes cependant environ deux semaines fort tranquillement, n'ayant qu'à manœuvrer, répondre aux appels, faire le service de grand'garde, etc.

Un matin de neige, le 9 janvier, le 5ᵐᵉ bataillon fut appelé à surveiller un point important de la route de Bonnétable, près Savigné-l'Évêque. Nous quittions donc La Trugalle.

A trois heures du matin on nous retrouvait, l'arme au pied, dans les rues du village de Saint-Corneille, situé entre Montfort et Savigné-l'Évêque. Le silence était recommandé; le moment paraissait solennel, mais il n'était pas encore venu.

Cela commençait néanmoins à devenir sérieux : ces marches de nuit ne faisaient pressentir autre chose qu'une action prochaine. Quelques fuyards provenant des troupes depuis le matin aux prises avec l'ennemi traversaient le village de Saint-Corneille, racontant que Montfort était en feu, que nous étions battus, trahis, — propos de gens affolés. Enfin, à trois heures et demie, nous allions, par compagnies, nous abriter au mieux en attendant le jour.

Le 10 janvier, nous évacuions Saint-Corneille et occupions quelques fermes des environs.

Le 11, nous revenions à Saint-Corneille. Notre division soutenait, en avant de Chanteloup, des engagements partiels de tirailleurs et conservait ses positions. Pour le 5me bataillon la journée débuta mal. Un homme de la 2me compagnie, en faisant jouer son chassepot, avait tué un camarade qui se trouvait devant lui.

Nous étions rentrés à Saint-Corneille avec mission de défendre le village à outrance. « J'y brûlerai jusqu'à ma dernière cartouche! » fit le commandant Arnould; déclaration peu rassurante, on en conviendra, pour de jeunes moblots (1). Et chaque compagnie eut son point à occuper; tous les moyens de défense employés en pareil cas furent mis en œuvre : tran-

_____

(1) L'auteur a entendu le propos du commandant.

chées, créneaux aux maisons, postes, rien ne fut
oublié. — Tout cela en pure perte, car la retraite
était devenue nécessaire à la suite de l'évacuation,
dans la soirée du même jour, de l'importante position
de la Tuilerie, sur la route de Mulsane.

III

Nous sommes au matin du 12 janvier et en pleine
retraite. Les routes, recouvertes d'un verglas qui les fait
ressembler à d'immenses miroirs, sont presque impraticables pour le matériel roulant, dont la marche est
considérablement ralentie. Lentement, en bon ordre,
le 5ᵐᵉ bataillon quitte Saint-Corneille, suivant le mouvement. Vers onze heures, en avant de Savigné-
l'Évêque, un officier d'état-major transmet au commandant Arnould l'ordre de se porter sur la route de
Bonnétable, où une vive fusillade est engagée ; il
s'agit d'appuyer la gauche de tirailleurs qui luttent
avec acharnement depuis le matin et que l'ennemi va
peut-être tourner, ce qui compromettra la retraite.
« Ne cherchez pas à gagner un pouce de terrain », dit
au commandant Arnould l'officier porteur de l'ordre,
« tenez la position » (¹).

_____

(¹) L'auteur se trouvait à ce moment tout près du commandant Arnould.
L'officier porteur de l'ordre était un lieutenant de gendarmerie, attaché à
l'état-major du commandant de la 1ʳᵉ brigade, dont nous faisions partie, le
lieutenant-colonel de gendarmerie Stéphanie.

On nous fait mettre sac à terre pendant cinq minutes pour nous laisser souffler. Puis les 2me, 3me, 6me et 7me compagnies se portent en avant, pendant que les 1re, 4me et 5me sont désignées pour former le soutien.

La gravité de la situation n'échappe pas aux yeux du commandant Arnould; l'affaire est mauvaise. « Pauvre bataillon! » murmura-t-il (1).

A droite et à gauche de la route, dans les fossés à sec qui la bordent, et pour dissimuler leur présence, marchent en file nos tirailleurs; au milieu va et vient le commandant, donnant ses instructions. Le bruit de la fusillade augmente. D'un groupe de gauche s'élance le chant de la *Marseillaise,* qui gagne de proche en proche. Salut à la première balle! Elle va se cacher sous les feuilles mortes, qui font frou-frou. Nous avançons toujours. Les 3me et 2me compagnies ainsi que quatre escouades de la 6me se déploient en tirailleurs à gauche de la route, derrière les haies et les broussailles. A droite, la 7me et le reste de la 6me opèrent de même. Les balles pleuvent! Sinistre concert de sifflements et de bourdonnements! Elles s'abattent comme grêle, hachant les haies, s'aplatissant sur les arbres, frappant les hommes! Le capitaine Desgraviers est grièvement blessé (il en est mort); le caporal Vatinet est porté mourant à l'ambulance, et tant d'autres... Le commandant Arnould est frappé mortellement. Et que de braves ignorés qui sont tombés! Salut à eux!

Il fait noir. L'éclair de la décharge n'en brille que

(1) Ces paroles ont également été entendues par l'auteur.

mieux; seul l'épais tapis de neige que nous foulons renvoie une teinte blafarde sur laquelle s'agitent des ombres. Mais on ne distingue plus rien; les ennemis se confondent entre eux.

Sur les positions mêmes qui leur avaient été si formellement assignées nos troupes sont complètement cernées et prisonnières d'un ennemi dix fois plus fort en nombre, — ainsi que le constate le colonel de Lautrec dans son Ordre, — ennemi qui possède aussi cette force que donne l'habitude de vaincre : la confiance.

Mais le grand-duc de Mecklembourg avait échoué dans son mouvement tournant qui tendait à couper la retraite de l'armée (¹).

IV

Les compagnies de soutien dont on nous avait privés au bon moment pour les porter sur un autre point, ainsi que le fait remarquer dans son Ordre le colonel de Lautrec, continuaient à faire leur devoir les 13, 14 et notamment le 15 janvier, au combat de Sillé-le-Guillaume, pendant que les prisonniers étaient dirigés sous bonne escorte et à petites journées (sauf une étape de 44 kilomètres) sur Lagny, aux environs de Paris.

La nuit du 12 au 13, pour les prisonniers, fut passée

(¹) Au début de l'action, nous avions fait quelques prisonniers qui portaient les nᵒˢ 94 et 95 des bataillons de l'infanterie de Thuringe.

dans l'église de Bonnétable, où ils arrivaient vers minuit et par un froid d'autant plus glacial que la soupe du matin était fort bas. Il va sans dire que toutes les issues de l'église étaient bien gardées. Une distribution de pain et de vin nous fut faite par les soins du maire.

Le 13, nous étions à La Ferté-Bernard; le 14, à Authon (Eure-et-Loir); le 15, à Brou; le 16, à Illiers; le 17, à Chartres.

Les chemins étaient impraticables à cause de la neige.

Que de péripéties durant le voyage!

Nous arrivâmes le 18 à Auneau; le 19, à Arpajon (Seine-et-Oise); le 20, à Corbeil; le 21, à Tournan (Seine-et-Marne); le 22, à Lagny, d'où l'on entendait les formidables détonations des canons qui tiraient sur Paris.

Un train nous attendait, et l'embarquement se fit sans retard.

Quelques moments plus tard, nous filions sur l'Est.

Les uns prétendaient que nous serions internés dans Metz; d'autres indiquaient une autre résidence.

L'inaction prolongée en wagon, après d'aussi longues marches dans la neige, avait déterminé chez quelques-uns l'enflure des pieds et des jambes. On dut les faire descendre à Bar-le-Duc où ils furent conduits à l'hôpital.

A Bar-le-Duc, les employés allemands de la gare chuchotent entre eux ; ils ont des airs mystérieux qui nous intriguent fort. Que se passe-t-il ? Nous apprenons qu'un pont vient de sauter près de Toul ; des francs-tireurs auraient fait le coup. La situation est évidemment louche, car la locomotive se détache, reprend le train en queue et nous ramène à Blesmes, où le train est garé.

Nous sommes de plus en plus préoccupés pendant cette nuit passée dans les wagons. Les Allemands seraient-ils battus enfin ! Et l'illusion s'empare de nos cerveaux fatigués ; l'on songe à une prochaine délivrance.

Au jour, le train nous emmena jusqu'à Commercy, puis revint à Bar-le-Duc. Décidément cela se corse. Nous nous prenons à combiner des plans d'évasion, en cas d'alerte.

Vain espoir ! Encore une nuit en gare !

Le lendemain, le train va jusqu'à Toul. Nous descendons de wagon et traversons la ville vers onze heures du matin. A environ 7 kilomètres nous atteignions le village de Fontenoy, dont quelques maisons fumaient encore. Le pont avait réellement sauté, — un beau pont de pierres blanches, ma foi, sur la Moselle, — ce qui avait rendu nécessaire la formation pour nous d'un train nouveau de l'autre côté de la rive.

Tout s'expliquait (¹).

(¹) Il a été établi depuis que c'était un corps de francs-tireurs dits *Chasseurs des Vosges,* qui, dans la matinée du **22 janvier,** après une attaque heureuse des troupes d'occupation de la gare de Fontenoy, avait fait sauter le pont.

Nous traversions la Lorraine et l'Alsace. Aux gares
de Nancy, Lunéville et Saverne de bonnes gens nous
apportaient du pain, du vin, du linge.

Combien il est triste de passer dans des pays envahis !
Ceux qui, les pieds sur les chenets, discutent de la
guerre et se jouent du fléau que dans sa stupide igno-
rance l'homme déchaîne, n'ont pas vu ces choses.
J'avoue ne pas être assez fort pour comprendre cette
philosophie ou cette science qui admet que la guerre
est un mal nécessaire...

Vers huit heures et demie nous laissions Wissem-
bourg et entrions en Bavière.

Le premier arrêt sur le sol allemand eut lieu
à Landau, vers neuf heures du soir. C'était le
24 janvier.

Les jours suivants, nous franchissions les stations
de Darmstadt, Giessen, Cassel, Nordhausen, etc.
Le 29 janvier le train entrait à Berlin, ralentissant
sensiblement sa marche parce que la ligne traverse une
partie de la ville, puis s'arrêtait. C'était un dimanche;
aussi les curieux affluaient-ils. Les gamins accouraient
aux portières, nous offrant un *groschen* (12 centimes et
demi) d'un bouton de tunique — l'amour de la collec-
tion — « *Mossié! pouton cin groschen.* »

Enfin le soir, à neuf heures et demie, le convoi arri-
vait en gare de Stettin.

Ce voyage d'agrément avait duré dix-sept jours,
dont dix à pied et sept en wagon, sans oublier les
nuits...

Dans l'une des salles de la gare, sur plusieurs tables,
de nombreuses feuilles de papier blanc portaient, écrite
en français, une déclaration par laquelle les officiers
prisonniers s'engageaient à ne causer aucun trouble en
ville, à être rentrés avant neuf heures du soir et à ne
pas dépasser les fortifications. Moyennant une signa-
ture, ils purent aller coucher dans les hôtels, toutefois
après avoir été invités à se présenter le lendemain, à
midi, au Casino militaire, pour y recevoir des instructions concernant leur séjour.

Quant aux sous-officiers et soldats, ils furent escortés
jusque dans les forts (¹).

La ville de Stettin était pavoisée; la nouvelle de la
capitulation de Paris y était parvenue dans la journée,
et chacun fêtait à qui mieux mieux l'heureux résultat
du siège.

Dans les cercles on faisait sauter le bouchon;
en famille la bière coulait à flots; dans les rues
quelques passants se payaient le luxe de nous invec-
tiver : « *Paris caput!* » nous criaient-ils. C'est ainsi
que nous apprenions la grande nouvelle (²).

Les officiers habitèrent en ville, à leurs frais; toutefois ils touchaient 12 thalers par mois, soit 45 fr.,
jusqu'au grade de lieutenant, et 90 ou 95 fr. à partir
du grade de capitaine inclus. Les soldats, entassés

(¹) Un petit nombre fut plus tard dirigé sur Bromberg.
(²) Prononcer capoute; *caput* expression familière qui signifie perdu,
rendu, ruiné, etc.

dans les forts, ne sortaient que pour faire quelque corvée, par exemple pour casser la glace dans les rues ou sur les promenades, etc., et bien entendu toujours escortés (¹).

Après un internement qui dura jusque dans la première quinzaine d'avril, nous rentrions en France.

Le reste du bataillon avait été licencié à Poitiers, après maintes marches et contre-marches et quelque séjour dans la Sarthe et la Mayenne.

Ainsi finissait la campagne, sans doute plus malheureuse que brillante du 5me bataillon des Mobiles de la Gironde. Mais chacun regagnait ses foyers avec le sentiment du devoir accompli.

(¹) Nous vîmes plusieurs fois, à Stettin, M. Michaëlsen père, consul de Prusse à Bordeaux lorsque éclata la guerre, et qui, comme tous les Allemands, avait été expulsé de France. Nombre de Bordelais durent à ses bons offices, ses avances et même ses dons d'argent de voir leurs souffrances sensiblement atténuées.

ORDRE du Lieutenant-Colonel de LAUTREC

Commandant le 78me régiment de marche

Dont faisait partie le 5me Bataillon des Mobiles de la Gironde

---

Poitiers, le 15 mars 1871.

78me Régiment de marche

Officiers, Sous-Officiers et Mobiles,

Avant de nous séparer, le colonel vient remplir un devoir en vous remerciant de l'honneur que vous lui avez procuré de commander à un si beau et si solide régiment.

Votre belle tenue, votre exactitude dans l'accomplissement du service, votre ténacité devant l'ennemi vous ont mérité, à diverses reprises, les éloges du général de Villeneuve, commandant la 3e division du 21e corps.

A Marolles, à Villermain, où vous avez eu le baptême du feu, vous avez reçu un reproche (d'avoir été téméraires) dont vous devez être fiers.

A Savigné-l'Évêque, les 10 et 11 janvier, vous avez énergiquement maintenu les positions; le 12, à Sillé-le-Philippe, par votre ténacité et votre dévouement, vous avez été au-dessus de tout éloge.

Vous avez tenu en échec les forces du prince de Mecklembourg, qui a tenté, en vain, de passer sur votre corps pour couper la retraite de l'armée par la route de Montfort. A votre gloire, à partir de deux heures de l'après-midi, le 78e seul a

combattu l'ennemi débouchant par masses serrées des hauteurs
de la route de Bonnétable.

Quoique vos pertes aient été cruelles (les deux tiers du
régiment tués, blessés ou prisonniers), vous devez être heureux
et fiers du service que vous avez rendu à la patrie en lui évitant
un nouveau désastre.

Officiers, Sous-Officiers et Mobiles,

Je sais être l'interprète de vos sentiments en rendant
hommage à la bravoure et au dévouement du commandant
Arnould, chef du bataillon des Girondins, tué glorieusement
à la fin de l'action au moment où vous alliez recueillir, sans de
grandes pertes, le fruit de vos efforts.

Pendant le jour, vous avez contenu vigoureusement les
Prussiens, lesquels n'ayant pu utiliser leur formidable artil-
lerie (les haies, les fossés et les arbres les obligeant à vous
combattre avec leur infanterie) ont été repoussés au nombre
de dix-huit mille par seize cents de vous ayant pris part au
combat.

Honneur au commandant Arnould qui, s'arrachant du sein
de sa famille, après avoir payé en Crimée sa dette au pays,
avait cru que la croix de la Légion d'honneur ne devait pas
seulement briller sur sa noble poitrine pour son glorieux
passé, mais que son devoir l'appelait à la défense de la France
envahie.

Honneur au sous-lieutenant Laval, mort bravement en
donnant sa vie, alors que la fleur de l'adolescence était
épanouie d'hier chez ce jeune officier.

Honneur à tous ceux des nôtres qui ont donné leur vie pour
la patrie outragée.

Quoique le régiment ait été laissé seul devant l'ennemi, à
partir de deux heures, si sa réserve n'avait pas été enlevée par
le commandant de brigade pour être portée sur la route de
Montfort, et si le bataillon que j'avais demandé pour effectuer

la retraite ne vous avait pris pour l'ennemi, en faisant feu sur vous, au sentiment de fierté d'avoir arrêté un ennemi si supérieur en nombre et par son organisation, nous eussions eu le bonheur de nous retrouver presque tous, prêts à de nouveaux sacrifices pour la France.

Le 14 janvier c'est le 78e à qui est confié l'honneur de combattre dans la première brigade. Vous avez arrêté l'ennemi toute la journée, votre ténacité a permis à l'armée d'effectuer sa retraite sur Mayenne. Le général de division, pour vous témoigner son contentement, a donné au régiment, sur le champ de bataille, trois médailles militaires mises à sa disposition par le général en chef.

OFFICIERS, SOUS-OFFICIERS ET MOBILES,

Recevez de celui qui a eu l'honneur de vous commander l'assurance de sa douleur de se séparer de vous, sans que notre France ait été vengée de la souillure qu'a imprégnée à son noble front l'infâme Prussien.

Puissent nos malheurs nous rendre meilleurs; que les officiers soient studieux et bien pénétrés que tous leurs moments sont dus au service; que les soldats soient sobres, respectueux et disciplinés. Enfin, que dans un temps très court, avec l'aide de Dieu, nous nous trouvions tous unis pour faire rentrer dans le sein de la patrie, la Lorraine et l'Alsace, et chasser définitivement de la rive gauche du Rhin le Prussien maudit. Si à ce moment désiré j'avais le bonheur de vous commander, je bénirais Dieu d'un tel honneur, heureux de consacrer toutes les facultés de mon âme pour m'en rendre digne.

Honneur au 78e régiment des mobiles de la Vendée, de la Gironde et du Lot-et-Garonne.

Vive la France!

Le Lieutenant-Colonel,
commandant le 78me Régiment de marche
Signé :
Comte M.-A.-B. de LAUTREC.

67